JOÃO ANZANELLO CARRASCOZA

UTENSÍLIOS-PARA-A-DOR

HISTÓRIAS-COM-HÍFENS

Sumário

Amigo-centauro, 7
Astro-apagado, 9
Avó-olhos, 13
Camisas-ausência, 15
Casa-solidão, 17
Caule-palavra, 19
Cerca-nuvem, 20
Círculo-sonho, 22
Comportamento-padrão, 24
Dente-de-alho, 26
Destino-previsível, 28

Dois-cegos, 30
Filho-veleiro, 32
Formigas-velhas, 34
Fruta-fábula, 35
Homem-prisão, 36
Inocente-culpado, 37
Inseto-azar, 38
Irmã-luz, 39
Irmão-porta, 41
Jovens-formigas, 43
Leitor-menino, 44
Mãe-adeus, 46
Mãos-unidas, 49

Memória-tese, 51

Menina-rua, 53

Menino-balão, 55

Meu-minha, 57

Música-do-aquém, 59

Noite-trágica, 62

Notícia-falsa, 63

Ode-arcaica, 64

Pai-migalhas, 66

Palavra-vida, 68

Papel-em-branco, 69

Primo-irmão, 70

Rosto-índice, 72

Sonho-círculo, 74

Sorriso-sofrimento, 75

Tempo-ferida, 77

Tempo-retalho, 78

Terra-à-vista, 80

Trava-mestra, 81

Tristeza-sangue, 83

Utensílios-para-a-dor, 84

Vaso-cemitério, 86

Velho-velho, 87

Verbo-eros, 89

Vida-vida, 90

Voz-janela, 91

Amigo-centauro

Conheci-o, meu amigo-centauro, quando, meninos, morávamos no bairro da Tijuca. Eu vivia lá desde que nasci; ele chegou depois, vindo do interior do Mato Grosso com a família. Talvez, por seu passado em terras devolutas, suas duas metades não eram tão visíveis – nem todos as percebiam, fato que eu, naquela época, atribuía menos à miopia coletiva do que ao meu refinado senso de observação. Da cintura para cima, ele tão humano, o torso frágil, o rosto bonito, os olhos verde-musgo; da cintura para baixo, ocultos sob a calça, o traseiro-garupa, as pernas-equinas, os pés-cascudos. Da parte superior, a razão e a docilidade vazavam de suas palavras; da inferior, o instinto e a imprevisibilidade regiam seus atos. Meu amigo-centauro, amigo também de meus amigos, que, estranhamente, não notavam nele, mesmo quando se desnudava, o seu trecho-animal, que, para mim, mostrava-se sem pudor. A maioria, pela convivência nas ruas, julgava-o só um amigo, fraterno-compreensivo-a-mável; uns poucos, em contenda com ele, desmentiam a sua só-camaradagem e pressentiam a sua cota-animal. Mas apenas eu via a sua fração-gente e a sua fração-bicho, eu o privilegiado companheiro – no futuro o único –, amigo-pleno desse amigo--centauro. No futuro do futuro, lá adiante, quando de menino eu só tinha na memória resíduos de nossa infância na Tijuca, é que, pesando suas duas metades, tudo o que ele me fez de bem-e-mal, fui entender que meu amigo-centauro era, na verdade, meu inimigo-centauro.

Astro-apagado

Quando ela apareceu, eu resplandecia como nunca, era o dono de quase tudo ali, minhas botas sorviam as terras que eu pisava, eu as arrastava comigo como raízes, por alqueires-e-alqueires, minhas mãos abraçavam o céu, e nele eu ordenava o tom de azul, a configuração das nuvens, a hora da tempestade. Mas, abaixo das minhas camadas, não havia sol nenhum, eu vivia a miséria de estar-preso não ao mundo dos outros, mas ao meu-mesmo, à mentira-máxima que me cabia, como o cinto-de-couro-grosso que eu usava, a fivela no primeiro-furo, a segurar, milagrosamente, a barriga-exuberante. Nos meus olhos, igual ao dedo que chama, comanda, obriga, capaz de fazer todos se ajoelharem à minha frente, capaz de extirpar a verdade grudada ao silêncio ou oculta sob a roupa das palavras, nos meus olhos tão verdes, que até as folhas-das-árvores invejavam, nos meus olhos tão-seguros-de-si, ela, já na primeira ancoragem, viu na luz que emitiam o meu pedido-de-socorro. Desde o instante em que ela apareceu, como se egressa do nada, e disposta a tudo, eu soube que não vinha pelas minhas lavouras, pelos meus tratores, pela minha usina de álcool-e-açúcar, vinha simplesmente por vir, certa da minha avidez de moenda, da lâmina em brasa do meu desejo, do saara que as patas dos meus cavalos semeavam, vinha simplesmente pela minha (contraditória) natureza. E vinha não para me salvar, que eu era e seria, tanto quanto ela, um condenado, vinha como a agulha-da-bússola vem ao imã, a água-doce ao rochedo, o osso-do-ombro à cruz. Quando ela entrou na casa-grande, quase sem tocar os degraus da escada, como se erguida pela música das esferas, o assoalho da sala – maculado com o barro de meus passos e o ferro de minhas esporas –, se abriu feito um oceano aos seus pés, humildes e pequenos na sandália rasteira; os tapetes se enrolaram, vermelhos, a um canto dos cômodos, já sem serventia; as fotos dos meus erros amarelaram nos porta-retratos sobre os móveis; as janelas, às avessas, mostraram à paisagem lá fora a vida que dentro vicejava; os espelhos multiplicaram, em seu caminhar pelos corredores, o meu rosto de espanto. A sua chegada me acendeu uma fogueira, a sua voz me deu fome de canção, o seu corpo ao passar regava o meu olhar seco, os seus lábios cerziam a minha carne rasgada, a sua língua serpenteava pela minha pele – enquanto eu batia a cabeça na quina da razão! –, a sua boca de café me tomava de assalto com beijos inesperados de manhã, os seus gestos me lançavam entre a fé e o milagre. Quando ela apareceu, a água-da-nascente começou a ter sede da minha garganta, os meus ouvidos rugiam quando a espada de sua voz se desembainhava do silêncio. Movediça se tornava a areia que eu percorria com as pedras dos meus pés, abertas se tornavam as rosas que eu colhia com os espinhos de minhas mãos, quando ela apareceu. O seu jeito-fugidio passou a durar em mim o dia todo, o mundo queria me viver, eu precisava de cada uma de suas partículas que esvoaçavam, como poeira, à luz-do-sol, quando ela apareceu. Quando ela apareceu – e, em pouco tempo, alargou os meus estreitos –, eu já havia desistido de ouvir as ondas do mar no meu sangue, eu queria continuar me esgotando às minhas margens, eu só admitia a inundação dos meus desertos. Quando ela apareceu, eu deixei de mastigar, grão-a-grão, a minha vontade de exílio, eu retrocedi um passo e saí do fogo em que me afogava, eu me transformei na tarde anterior à noite que eu era, eu não mais velei o sono das belas-adormecidas nem saltei do meu cavalo de príncipe-desencantado; eu voltei, de repente, a me sentir um menino, mirando o voo dos pássaros, quando ela apareceu. Quando ela apareceu, o universo-se-refez-em-meu-ser, com todos os seus astros, as suas constelações e as suas nebulosas. Mas um dia – era o destino – ela-desapareceu.

Avó-olhos

olhos, minha avó-olhos. Mas antes mãe-olhos, filha-olhos e neta-olhos (igual a mim). Com ela, aprendi a ver longe, embora meu alcance jamais atingisse o de minha avó-olhos, que via as pessoas do lado de lá do umbral. Minha avó-olhos na varanda de casa, vigiando-me a brincar com as bonecas, e, de repente, *O que você está fazendo aí?*, ela falando com alguém, invisível para mim, *Deixe a menina, vai-te*, e já a rezar sussurrante, com fervor, minha avó-olhos me protegendo, minha avó-olhos a me ensinar mais que minha mãe. Minha mãe-olhos, viúva desde os trinta anos, trabalhando fora, presa a esse mundo-vida, enquanto a avó com um olho nele e outro no mundo-morte. Minha avó-olhos que não cobrava para benzer nem receitar ervas, a fila de gente enferma na porta de sua casa, a fila de pais-filhos querendo saber de seus filhos-pais no além, se lá pisavam em nuvens ou no limbo, se tinham mensagens dos outros parentes-falecidos. Minha avó-olhos nada cobrava para serenar o desespero daquela gente que a procurava e a compensava com a gratidão das palavras, as dúzias de laranja, as galinhas vivas (que a avó matava e preparava com o próprio sangue delas). Minha avó-olhos que, um dia, fechou os olhos e foi para o outro lado continuar sua vida-morta, e eu, eu segui minha vida-viva por anos e anos e, hoje, sou quase tão velha quanto ela quando era minha avó-olhos-viva. Agora, na varanda de casa, minha neta-olhos brinca com suas bonecas, e eu, de repente, vejo minha avó ali, vigiando-me, vigiando-me com aqueles

Camisas-ausência

As camisas do pai. Sem golas e sem botão, para não engastalhar em nada – o pai carregando, de manhã-à-tarde, do depósito até a carroceria dos caminhões as sacas de cereais, sessenta quilos sobre a cabeça; ele as segurava pelas abas da frente, acima dos olhos, a estopa relando em sua camisa, os dois tecidos, um rústico, outro de algodão, em conversa, e eu a pensar o que estariam se dizendo, e o que a pele de seus ombros ouvia. As camisas do pai. Eu o esperava voltar do trabalho, sentado na soleira da porta, avistava-o ao longe e imaginava sua camisa suja, eu o esperava se aproximar, trazendo a noite em suas espáduas-asas, e, quando o via de perto, eu, antes de passear pelo seu rosto, mirava o estado de sua camisa – a calça pouco importava, era o pai-debaixo, e eu queria o pai-de-cima, o pai-peito, o pai-tronco do qual eu era ramagem. Ele estendia os braços e me pegava no colo (eu, uma pena para quem movia aqueles fardos) e se deixava no assoalho da sala, queria saber de mim, como se eu fosse importante, como se eu não fosse só um menino-aprendizagem. As camisas do pai. Eu não sabia acariciá-lo, deslizando o indicador por uma mancha de seu braço, ou enrolando-o em seus cabelos salpicados de palha, eu não sabia desenhar com os dedos a curva de seu queixo; e, então, como não sabia aferir a terra-carne que ele era, eu pegava o pano de sua camisa, apalpava seus amassados, detinha-me numa ponta imunda, a afagar um tecido que não era o pai. As camisas do pai. Pelo estado delas, eu sabia a carga que lhe coubera aquele dia, sacas de arroz (a poeira alva), ou de feijão (o cheiro seco); eu sorvia o suor nas dobras de seus braços, nos sulcos de seu pescoço. As camisas do pai, o pai que se foi, o pai que eu só posso, agora, tocar pelas minhas mãos-escrita, as camisas do pai que, declaradamente, são as camisas-ausência do meu amor-desnudamento.

Casa-solidão

Por ser uma casa, tinha uma sala-de-estar, três quartos, dois banheiros, copa e cozinha. Na área frontal, varanda e jardim. Ao fundo, quintal e edícula. Por ser solidão, seus cômodos viviam ermos a maior parte do dia – os moradores (o pai, a mãe, o filho e a filha) saíam cedo e retornavam ao fim da tarde, quando então povoavam seus espaços, as vozes flutuando de um canto a outro, os aromas se revezavam no ar, mas, ainda assim a casa-solidão se sentia abandonada, eles não sabiam arrancá-la de seu só-consigo, eles igualmente só-solitários. Em mais solidão a casa se afundou, quando essa corrente de fatos irrompeu em seu interior: a mãe, um dia, entrou na cozinha e, embora ninguém a visse sair de lá, nunca mais foi encontrada. O pai, certa noite, arrombou a porta do quarto da filha, atravessou-a com seu desejo, saltou pela janela e desapareceu. A filha, dali em diante, passou a vagar como sonâmbula pelos cômodos até se fundir ao muro do quintal. Seu irmão, único habitante a restar na casa-solidão, transferiu o quarto para a sala-de-estar, e lá ficou anos-a-fio, antes de ser sugado, numa madrugada, pelo vídeo da tevê.

Caule-palavra

E como todo caule conduz a seiva, o caule-palavra transporta a seiva-silêncio até as letras que dele vão se nutrir e dar a origem a uma palavra – seja raiz ou folha. Se for raiz-palavra, terá de se ocultar sob a terra, não precisa de luz para que a sua árvore-dicionário floresça; aliás, é no escuro cálido do solo que a raiz-palavra encontra a palavra-raiz para, com ela, plantar-se de sentido. Já se for folha-palavra o silêncio pode surgir, molhado pela umidade da noite ou aquecido pelo sol da manhã. Mas o caule-palavra, para levar o alimento a toda a planta, cresce verticalmente, configurando-se (tronco) em cone, bulboso, ou se enroscando em gavinhas – a palavra-videira é um exemplo de seu desenho no plano da linguagem. E como a natureza é regida por metamorfoses, o caule-palavra há de se transformar em palavra-caule, para conduzir a substância do desejo às mil-folhagens do real.

Cerca-nuvem

Para o homem-sonho, o lado interno (de qualquer território) devia se revelar para o externo, sem que um e outro tivessem acesso direto ao âmago da propriedade alheia. Era prudente se fazer uma divisa para que o interno soubesse que não era somente interno, mas que havia algo de externo em si; e para que o externo, igualmente, pudesse se completar com um mínimo do interno para ser externo por inteiro. Isso porque, uma vez inaugurado o lado de dentro, o de fora (por consequência) passaria no ato a existir – e ambos a lutar para que esse não invadisse o segredo daquele, a cada um cabe a sua parte de alteridade. Em vez de ameias, torres, muros, o homem-sonho descobriu que, para o interno ver o externo e no externo se entrever, e o externo ver o interno e nele se auto-ver, melhor seria que houvesse uma barreira, não plena, mas de fios para limitar ternamente o mundo de cá do mundo de lá, e que a distância entre eles fosse generosa, pelas lacunas se pudesse avistar o dentro do lado de fora, e o fora do lado de dentro, já que um e outro, a depender do ponto de vista, estariam na ambiência in ou ex. Sem demora, o homem-sonho ergueu os fios de arame e deu à linha imaginária que os dividia o nome de cerca. O homem-sonho, nos primeiros tempos, viveu satisfeito com a sua demarcação, os fios riscavam o horizonte, repartindo a vista, fatiando a montanha e as nuvens sobre ela. Contemplando as nuvens, em movimento, a circundar o sobe-e-desce dos planaltos, ele decidiu depois anular a inércia de sua cerca: substituiu os fios de arame por fios d'água, aproximando o máximo (possível) o interno do externo, sem que deixassem de ser quem eram (e evitando ultrapassar as fronteiras um do outro). Assim, o homem-sonho criou a cerca-nuvem – que circunda mas não imobiliza, represa mas não paralisa, separa mas não veta o céu de ser (também) terra.

Círculo-sonho

Uma noite, em meio à guerra, soldados-sonho de uma facção tomaram uma aldeia inimiga e violentaram as mulheres-sonho que lá viviam e, após incendiar as casas, fugiram às carreiras. Algumas mulheres-sonho enlouqueceram, outras se enforcaram. Uma, no entanto, engravidada pelos soldados-sonho, sem saber o que acontecia com seu corpo, gerou, tempos depois, um menino-sonho. E, quando cresceu, o menino-sonho soube por sua mãe, à espera da morte, que ele era filho-sonho de um estupro coletivo. A guerra entre as duas facções terminou – o jovem-sonho saiu então à procura de seu pai. Demorou anos para localizar um dos soldados-sonho que haviam cometido aquela vilania e, por meio dele, encontrou os outros – já velhos e inválidos. Tentou descobrir qual seria o seu pai, mas, como não reconheceu seu rosto no rosto de nenhum dos ex-soldados-sonho, decidiu matar a todos. Em memória de sua mãe, torturou-os, um a um, antes de incendiá-los vivos. Quando o último deles queimava, a mulher-realidade que gerava essa história-pesadelo despertou e ouviu o som dos bombardeios e, debruçando-se à janela do quarto, viu os soldados-sonho invadindo a sua aldeia.

Comportamento-padrão

Fechamos-o-vidro-do-carro, quando mendigos se aproximam. Fechamos os olhos nos beijos longos, para sentir as línguas, como espadas, se acariciando. Abrimos pouco os braços quando enlaçamos aqueles que amamos. Abrimos feridas com incisivas palavras ou com o bisturi do silêncio. Rejeitamos dar razão ao outro, se o outro não aceitar a nossa razão. Deixamos que os desejos governem nossos desejos. Culpamos o mundo pelos nossos pesares. Pedimos, depois de contar segredos, que os guardem. Damos ponta de faca em nossos murros. Rimos dos contos de fadas, mas repetimos a sua moral. Gostamos de reprise por segundas intenções. Choramos por ser o que somos – sangue e sonho misturados. Os defeitos alheios dinamitam a nossa paciência. Descobrir a mira do inimigo nos abala. A sós, abolimos os bons costumes. Acordamos desesperados, mas a rotina se incumbe de anestesiar a nossa angústia. Atravessamos as manhãs, que atravessam as tardes, que atravessam as noites, que atravessam as madrugadas, que nos atravessam as manhãs. Não notamos o envelhecimento diário, senão quando nos miramos numa foto antiga, ou quando, um dia, todos os instantes de nossa vida, reunidos num enxame, se modelam nas ruínas refletidas no espelho. Sem aturar a solidão, tentamos amar. Amando, temos medo de retornar à solidão. O medo liga o nosso radar de perdas. Fechamos-o-vidro-do-carro-quando-mendigos-se-aproximam.

Dente-de-alho

O velho-escritor, quando ainda não era tão-velho, lembrou-se, ao ser entrevistado, do que aprendera em suas últimas incursões na cozinha. A cebola fora uma de suas redescobertas, pela qual retornara imaginariamente à casa paterna: em menino, empurrava a cebola para fora do prato, rejeitando às vezes (só pela sua presença) toda a comida. O pai, então, obrigava-o a comer até a última rodela. Mas, depois de palmilhar a terra, durante décadas, com a simplicidade das sandálias, o velho-escritor sentiu uma estranha fome e, com um olhinho-nos-livros e um Olhão-na-vida, notou subitamente a beleza da cebola – que outro velho-escritor chamou de redonda rosa de água – e saboreou, com gosto, suas escamas de cristal transformadas em dourados estilhaços pelo azeite fervente na frigideira. Mais intensa foi a sua experiência com o alho, que, segundo ele, merecia um altar. Bastava esmagar um dente-de-alho e atirá-lo na panela onde a cebola estava sendo refogada para que subisse o cheiro estonteante de vida. Assim, mastigando vagarosamente aquela-lembrança, o velho-escritor disse, convicto: *Muito da literatura não vale um dente-de-alho.*

Destino-previsível

No avião, o homem que viajava na poltrona à sua esquerda, ao ver que ele terminara de ler um livro, comentou que era um bom romance, mas previsível. O comentário o aborreceu, e ele saiu em defesa do autor, não porque advogasse em seu nome, nem porque divergisse da crítica do estranho, mas por se dar conta, àquela hora, que, mesmo se o enredo da história não o surpreendesse (pelo rumo inesperado que poderia tomar), ainda assim seu desfecho estaria no plano das possibilidades – aquele fim também estava previsto, mesmo se não fosse o escolhido pelo escritor. Todas as histórias, ele argumentou, são previsíveis, seja de quem for: desde o nosso nascimento, sabemos que vamos morrer; e, no entanto, seguimos vivendo como se não condenados ao aniquilamento. O viajante aquiesceu, sim, a morte é previsível, mas os caminhos que levam à ela são os mais diversos, e o bonito é a história pegar uma direção inesperada. Ele novamente se opôs, afirmando que, em-rigor, as histórias variavam pouco, e sempre na sua linha de superfície, nas profundezas eram iguais-iguais, ainda que parecessem iguais-diferentes ou, mais enganadoramente, diferentes-diferentes. Pois: os filhos teriam de assistir à morte dos pais, e os pais um dia esqueceriam a face (semelhante às suas) dos filhos, e esses, por sua vez, envelheceriam, vendo desbotar lentamente, antes da amnésia definitiva, o rosto das pessoas que amavam. Não era demérito o desfecho daquele livro ser previsível, sua trama seguia os ditames da vida e a lógica da morte. O essencial, ele arrematou, é que nenhuma história é idêntica, todas rumam, de maneira imprevisível ou não, para o seu previsível-destino.

Dois-cegos

Arrasto os pés por essas terras calcinadas. No pó vulcânico, deixo as marcas de meu destino. Cego por um castigo de Júpiter, vivo à deriva, enfrentando os maremotos do futuro. Apodreço lentamente nesse tempo de horas vazias e imóveis. Exilado permanente das trevas, palmilho imensuráveis distâncias. Meu itinerário nunca se finda, vou de ilha-em-ilha, velando a sorte desse leviano arquipélago. Em troca de comida, ofereço a exatidão de minhas profecias. Boiando no caldo-da-escuridão, o tempo para meus olhos não se divide. A eternidade se movimenta em minha cegueira. Aberto para um universo paralelo, embriago-me com o horror e a poesia de eras ulteriores. Morto para esse tempo, vejo no entanto a vida do próximo. Vejo a jovem Medéia escutar o uivo primitivo do mal e se iniciar nos dons da feitiçaria. Vejo-a, anos depois, degolar os filhos e ascender com dragões alados pelos céus da Cólquida. Vejo toda a sua história e a de Édipo, que também conheceu a densidade das trevas. Vejo a história de Hércules, de Aquiles, Teseu, Quíron, a história de todos os mortais até o êxodo dos deuses. A vidência, essa lepra implacável que mastiga as raízes do cérebro, nem a mim poupa. Prevejo com insuportável nitidez o meu porvir. Na sombra, vejo um homem que me aguarda, séculos à frente. Um humilde grego de sandálias toscas que se recordará de mim e lançará sua verve ao papel. Como pedra, que atirada ao rio produz círculos concêntricos até atingir a margem, outro homem então, mais adiante, me recordará também, com igual intensidade. Esse segundo, resignadamente cego, apoiado a uma bengala, um dia cortará a rua de uma cidade-platina. Entrará numa biblioteca cujas inumeráveis estantes de livros recordam o labirinto de Dédalo. Na curva de uma delas, intuitivamente, apanhará um livro. Uma obra sobre o seu passado e o meu presente. Pedirá a alguém para que leia algumas páginas em voz alta. Impaciente, se moverá na cadeira, preso à sua escuridão. E, então, vejo-o sorrir e ditar a minha-história.

Filho-veleiro

Meu filho, em uma palavra: cheio-de-si. Em algumas: surdo, para o que diziam os outros. Inclusive eu, o Pai. Fosse qual fosse o assunto. Ele confiante só nele. Mas não arrogante. Apenas desafiador. Moço, à procura de ofício, encontrou-o quando ouviu alguém cantarolar: "não sou eu quem me navega, quem me navega é o mar". Não contente em contrariar essa tese, queria a sua subversão: "sou eu quem me navego, e sou eu quem navega o mar". Meu filho, perseverante-tenaz-resoluto, alistou-se na marinha. Ele: vazio-de-medo. E a vida uma rota segura, o leme em suas mãos. Meu filho, marujo, imediato, almirante. Meu filho no comando de barcos, navios, transatlânticos. Meu filho, sobrevivente de tempestades, maremotos, tsunamis. Meu filho, ao fim de sua odisséia, orgulhoso do título que propriamente se atribuiu: domador do mar. Ele, navegante de si mesmo, do nosso mundo

– de todas as águas. E, então, a sua última façanha: cheio-de-si e vazio-de-medo, foi navegar num veleiro pelo oceano-sem-fim. Lá vai ele, certo de que não só se auto-navega, mas também navega o mar. Lá vai ele: em seu veleiro dentro dessa garrafinha (que vejo) sobre o móvel da sala.

Formigas-velhas

Elas cumprem fielmente a sua função para assegurar a sobrevivência do grupo. São operárias, cortadeiras, forrageiras. Quando velhas-ou-doentes, deslocam-se para a boca do formigueiro, onde permanecem de sentinela a fim de dar o primeiro combate às intrusas – que são, invariavelmente, de outras castas, sadias-e-jovens-e-fortes. Eis, lá adiante, um exército com seu poderio máximo, a caminho. E eis, aqui, as formigas-velhas, à espera do ataque. Penso no massacre que a natureza reserva aos mais fracos, como minha mãe. Velha-e--doente, ela sai à minha frente, sem chance alguma de vencer a morte.

Fruta-fábula

Esopo, faminto e exausto de tanto caminhar, viu uma árvore distante carregada de frutas-fábulas. Arrastou-se devagar até lá e, acercando-se de sua copa, constatou, por entre a folhagem, que as fábulas maduras pendiam nos galhos mais altos. Atirou pedras-e-pedras para derrubá-las, mas suas tentativas em nada resultaram. Sentou-se à sombra da árvore e, mirando as fábulas-frutas, disse: *Estão podres.*

Homem-prisão

Tudo-o-que-ele-tocava-ou-mesmo-só-mirava-se-
-prendia-a-ele-,-homem-prisão-que,-por-sua-vez-,
-se-sentia-ligado-perpetuamente-a-tudo-e-a-to-
dos-,-o-que-era-uma-bênção-por-um-lado-e-uma-
-cruz-por-outro-,-pois-ninguém-pode-ser-quem-
-se-é-tendo-os-outros-presos-a-si-.-Mas-,-cer-
to-dia,-um-clarão-relampejou-em-sua-consciên-
cia-,-e-ele-entendeu-que-ninguém-pode-ser-só-
-quem-se-é-,-porque-todos-somos-parte-dos-de-
mais-.-E-foi-então-que-ele se soltou de sua prisão e descobriu ser outra bênção, e outra cruz, ter se tornado um homem-liberdade, por saber qual a parte do todo que lhe cabia – e o que de seu era parte daquele todo-cárcere.

Inocente-culpado

Ele é um inocente-culpado: todo inocente tem algum por-cento de culpa, já que está vivo, envolvido ou não com o fato. Mas, sendo culpado, ele é algum por-cento inocente, porque, mesmo se há dolo, não se pode atribuir toda a culpa a quem não controla o contexto (que tanto condena quanto absolve). Não importa se ele é um inocente-culpado ou um culpado-inocente: ambas condições são frutos da luta entre o livre-arbítrio e o acaso-destino. Não há, portanto, desculpa: viver é a acusação; morrer, a sentença.

Inseto-azar

Era uma vez um escritor que sonhou ser um inseto, o que só seria possível no mundo da ficção – mas o mundo da ficção não o permitiu. Sorte dele, que continuou a ser Franz-Kafka. E azar do inseto que não se transformou em Gregor-Sansa.

Irmã-luz

Aparecida, minha-nossa irmã: luz. Menina, já acesa a mania de colocar ordem nas coisas, sem esforço, no seu natural de ser. Ela, decidida. Feita de férreas certezas. Conflitos entre nós, irmãos? Ela ali, Aparecida. E pronto: as nuvens dissolvidas. Um de nós na dúvida da lição de casa: o "x" da equação, a crase naquele "a", como se chama a segunda camada – manto – da terra? Ela: luz. Minha-nossa-irmã Aparecida. As coisas lesmando para andar? Nossa irmã-luz espertava o desfecho: Aparecida sem varinha na mão, só a voz e o agir, ela efetiva, desembaraçando os fios do destino, indolentes, ou no comando dos freios, devagar-devagar com os fatos. Sugestão, conselho, saída? Não, não, não: com ela, só percurso seguro, convicção, esplendor. Dúvidas nós – ela, a resposta exata. Que tatuagem eu faço? Essa! Qual fruta? Aquela! Qual das duas mulheres? Nenhuma! Qual moço? O de barba! Punhal ou adaga? Palavra! Ela, Aparecida, além da pergunta, na dianteira, velocidade da – irmã-luz. Ela devia pressentir que, uma noite, inesperadamente (para nós) iria abraçar a treva – e se tornar finalmente a nossa nova irmã-sombra.

Irmão-porta

O irmão+velho, Hércules. Nome perfeito para quem ele se transformou lá em casa, depois que o pai morreu de repente, deixando a mãe e nós, os sete filhos, desamparados. Ele, o irmão+velho, pegou a frente dos negócios para garantir nosso sustento. Ele, o irmão+velho, também irmão-porta: ninguém entrava ou saía de casa sem sua autorização. Hércules com a chave na mão para abrir e fechar, Hércules sabia o segredo da fechadura, Hércules quem destravava a tramela, Hércules quem passava óleo nas dobradiças, limpava o vidro do olho mágico, ele, o irmão-porta – *Quem permite o vaivém sou eu; Daqui ninguém passa; Vai-logo-e-volta; O que você está escondendo debaixo da blusa?* Hércules com a maçaneta e o trinco na mão, controlador de nossos voos e passos rasteiros. Ele, o irmão+velho, no leme de tudo, vedando o vão da porta para evitar o vento, alerta para as fissuras na madeira,

Hércules e sua façanha de calafetar o oco feito pelos carunchos, o irmão-porta, lâmina grossa, de lei, a nos blindar, mas vulnerável, como tudo, à violência. Hércules, o irmão-porta, o primeiro que os homens derrubaram quando invadiram nossa casa naquela tarde, o irmão+velho, que parecia o+forte, mas era o+desprotegido, aquele cujas medidas nos davam limite e segurança, Hércules cuja força não passava de sopro face o mundo, o mundo-bárbaro com seu poder-tonitruante, Hércules sorrindo à frente de casa, tão fácil foi passar por cima dele, o nosso irmão-porta, e nos prender de imediato com as algemas da liberdade.

Jovens-formigas

Elas, sadias-e-jovens-e-fortes, são destacadas para, em grupo, atacar outros formigueiros. Em todas as investidas encontram, como primeiro obstáculo, as formigas rivais doentes-e-velhas – as quais esmagam com impiedosa facilidade. Penso em minha filha-moça – na delicadeza com que arrasa o mundo que sua velha-e-doente-avó, minha mãe, protege na lembrança.

Leitor-menino

Barthes escreveu: a literatura afasta nossos olhos do livro que terminamos de ler e nos faz erguer a cabeça. Décadas antes, Maiakóvski disse que fazer poesia era fácil, difícil-é-a-vida-e-seu-ofício. Já e.e.cummings, num de seus poemas (com parênteses), insinua que o milagre da palavra está em abrir os olhos dos nossos olhos. Borges, cego, podia ver (como poucos) a beleza de uma metáfora e de um koan. Para um obscuro poeta do século XX, o valor de uma história estava em nos convencer a pegar em armas. Abraçar quem estivesse ao nosso lado, era, em contraponto, a opinião de uma escritora que, depois, suicidou-se. Um crítico literário, contemporâneo de Flaubert, propôs três efeitos produzidos pela leitura de uma obra-de-ficção: 1) o leitor permaneceria um minuto em total mutismo, 2) soltaria um grito, ou 3) atiraria o livro contra a parede. Outro literato, nascido numa aldeia do Tirol, sentenciou que uma narrativa singular é aquela que nos leva a cantar – afirmação pleonástica, se considerarmos que toda-história-é-um-canto. Na carta ao pai, Kafka sugeriu que as histórias deviam produzir imensa-tristeza, para não esquecermos da nossa pobre-condição. Poe assegurou que não importava qual o sentimento desperto ao fim de um conto, senão que deveria ser contundente-intenso-desestabilizador. Cortázar, leitor de Poe, afirmou mais tarde, que o conto, como numa luta de boxe, tem de nocautear o leitor. Um ensaísta panfletário argumentou, não sem rancor, que a boa ficção nos obriga a erguer muros. Outro, em resposta, disparou, ironicamente, que os grandes romances desmoronam muralhas. Um cronista xiita anunciou que, para ser canônico, uma obra precisa, em nome de Deus, fomentar a matança. Numa lista extensa, poetas, em distintas eras, afirmaram que a poesia só é poesia se provocar a comunhão dos espíritos. Outros, em tábua oposta, defendem que cabe à literatura sacudir os demônios (em nós) adormecidos. Mas e quando quem lê (ou escreve a história) é um menino? Ele ergue as sobrancelhas e abre as narinas, atônito ao descobrir, com o fim do livro, um planeta – um planeta em cuja órbita giram silenciosamente dois satélites: o-espanto-e-a-alegria!

Mãe-adeus

Era minha mãe, e meu amor por ela demorou a acontecer, estava lá, desde sempre, na raiz de nossa convivência, um dia terna e no outro conturbada, mas a guerra com as palavras, essa o espelho trincado daquela, os corpos em contínuo desafio; ela era minha mãe, e eu era, mesmo culpando-a por meus descaminhos, a sua filha; ela era minha mãe, ela é minha mãe agora que recolho o tempo ao revés, nessa tarde de despedida, ela é minha mãe, ela quem obrigou o pai a me tirar daquela terra de horror, ela quem dizia a ele, estamos mortos, somos o nada-nada, mas a menina pode fugir desse lugar, onde até os sonhos apodrecem; ela era minha mãe, e me deixou uma cicatriz na memória – seu seio em minha boca, quase sem leite, e eu a mordê-lo, com a fome de quem nasceu e deseja viver, ela e sua pele fina como papel, fácil de ser rasgada pelas minhas unhas –; ela era minha mãe, ela é minha mãe agora que eu a abraço pela última vez, eu menina, com dez anos, eu que vou me lembrar até o fim da sua face ensopada de lágrimas, quando ela e o pai me arrastaram ao cais para embarcar naquele bote, é a única chance da menina, ela dizia com seu corpo silencioso, e eu de ouvidos adentro em seus atos, no registro do meu futuro, na gênese de uma nova tristeza pela vida afora, a única chance da menina, ela dizia ao pai, como se eu não fosse mais sua filha, mas aquela que já se fora, embora ainda ali, com a angústia a desalinhar o meu rosto, os cabelos sujos de poeira, sem tempo para o banho, para a roupa limpa, para os sapatos apropriados, em minha pele ardia por inteiro o carimbo do sol, o ar pesado da morte em meu encalço, o voo dos urubus bicando o céu entre as nuvens; ela era minha mãe, ela é minha mãe nesse instante em que, como criminosos, ela e o pai me levam às pressas para uma segunda vida, ela de quem eu me apartei quando nasci, ela que observa de relance meu terror nessa corrida, ela que, ao chegarmos ao rio, está me parindo outra vez, me afastando para nunca mais, ela que me dá o último abraço, ela que fede a suor, a esse cheiro que eu sinto quase a me afogar, as minhas narinas desesperadas pelo cheiro poderoso de seus axilas, o cheiro de seu corpo de mãe, impregnado de uma esperança perecível, o cheiro do meu amor em pânico, eu saindo de uma sina-pantanosa em direção a um continente desconhecido; ela era minha mãe, mas, agora, chorando por mim e eu por ela, vai se tornando uma mãe-adeus, e eu, anos à frente, no portal da velhice, eu a folha decepada, eu à espera de sua mão que jamais tocarei, eu procurando com a boca às cegas os seus seios flácidos, eu lá, àquela hora, e agora, e até o final, eu, a filha-saudade, a filha-desamparo, a filha-também-adeus.

Mãos-unidas

A ciência, numa quantidade assombrosa de investigações, sem provas contrárias que conduzam a outra hipótese, sedimentou a certeza de que nós, humanos – e os chimpanzés –, somos os únicos animais produtores de artefatos. Graças ao par de mãos grudadas em nossos braços-apêndices, cuja versatilidade é possível pela ponta mole dos dedos. Não teríamos construído a civilização com patas, garras e raspadeiras. Mas, se as duas-mãos, juntas, fazem maravilhas, também obram ruínas; quando não, uma desfaz o que a outra fez, essa desautoriza a ordem daquela, a direita opera em oposição à esquerda. O par de mãos humanas criou o lápis e a bengala, o bisturi e a adaga, o projétil e a culatra, o berço e o ataúde – e mil-outros objetos que variam de forma de uma cultura a outra. O par de mãos humanas criou o sim e o não. Nossa espécie só existe porque as mãos, de per si, são egoístas, mas, se-unidas-por-um-mesmo-fim, a obra resultante de seus dedos-moles, é, milagrosamente, altruísta.

Memória-tese

A memória represa os fatos, mas nela os fatos não se acomodam como poças d'água, à espera que o presente, em forma de brisa ou tempestade, produza ondas na superfície e desfigure sua face paralisada. Na memória, os fatos seguem seu curso, à semelhança de pequenos rios, que, encontrando-se com outros, jovens e antigos, misturam-se, de forma que todo o vivido, ao ser revivido, não é mais o que foi, pois o tempo, do lado de fora, continua a passar, revertendo o instante em água usada. Água que lava outra vez, mas em cuja composição o átomo mutante se aderiu. Então, se a vida solicitar lá em cima, no degrau da realidade, que se acesse essa ou aquela recordação, ela, água, a cada dia mais velha, se apresentará distinta do que foi, em verdade, ao se tornar imediatamente lembrança, embora vá guardar, para sempre, o residual que nos permite colhê-la. Lembrança não é mais que respingo dessa água, nascido dela-mesma, vindo da fricção de outras águas que a margeiam, quando não a englobam – mas lembrança não é só respingo, é respingo em pleno voo, antes de cair novamente em sua corredeira. Por isso, atendendo à ordem da memória, uma lembrança, se recordada, não é mais a enunciação-bruta em silêncio, é um enunciado-líquido, mesmo com desgaste, que, em outro se transmuta, ou, quando não, é o resíduo que enuncia, na memória, a-si-próprio, similar a qualquer-água que, nova ou gasta, é, no fundo, outra-água.

Menina-rua

Naqueles meus primeiros-anos, eu era menina, menina-rua; de mim saíam uns caminhos, outros vinham dar aos meus pés. A cidade me atravessava de lá para cá, e eu permanecia parada ali, o rosto voltado para a mãe e para o pai — as minhas avenidas-origem —, enquanto o vento soprava meus cabelos, eu, menina, menina-rua, aberta para a terra-céu e para o céu-terra, minhas mãos compridas, dois mundos por onde passava gente íntima (e estranha). Eu sem saber que uma menina, uma menina-rua, mesmo no futuro transformada em mulher-rua, jamais deixaria de ser aquela de meus primeiros-anos, junto à mãe e ao pai, os dois o meu ponto-um, início do meu chão, meu asfalto irregular, minhas calçadas rotas. Eu sendo reduto escasso de tempo, enquanto neles o tempo se fartava; eu, ao léu, assustada diante da primeira tempestade, alegre com um amanhecer de verão, e triste, triste com o vazio dos feriados; eu a reclamar dos meus bueiros entupidos, a culpar a mãe por um defeito no meu meio-fio, e o pai por um declive num dos meus trechos; eu a meninar vivamente a minha rua, eu a me ferir no silêncio-espinho das flores entre minhas gretas, eu a desprezar o casario à frente, eu a ouvir o desencanto dos galos com o novo dia, eu a negar o amor do pai e da mãe por três vezes, e eles mudos, à espera do que sempre foi uma certeza – o novo traçado que mudaria o bairro, adicionaria uma nova camada de vida sobre eles, e os enterraria definitivamente. Eles, a mãe e o pai, pelo trânsito dos anos, não mais as minhas avenidas-origem, mas as suas próprias ruas-fim; eles desaparecendo dos meus olhos, da neblina da minha memória, eles sumindo, sumindo de mim, velha-rua, velha-rua já a caminho (também) dos meus últimos-anos.

Menino-balão

Então era a vez de existir um menino, e urgia a ele dar corda à sua vida, levando-a um passo à frente, vivendo o agora-amanhã, gastando os olhos, as mãos e os pés na trilha do homem que ele se tornaria, a cumprir sua sina sobre a terra, como milhares de seus ancestrais haviam feito. Cabia a ele, diante da imensidão do mundo, conhecê-lo de perto, e, assim, ele cresceu em sua aldeia, encontrou uma mulher, com ela procriou, ao seu lado envelheceu, e, como previsto, antes de morrer e sucumbir ao esquecimento, sonhou, uma noite, que a imensidão do mundo, lá longe, abria-se como um pórtico, revelando milhares de faces que quase dissolveram a sua consciência, pois se mostravam simultaneamente e, em seguida, se modificavam como dunas ao vento, misturando o garoto que ele fora ao velho que ele era. Então, naquele ciclone de sentidos, a época na qual ele-menino existiu se materializou num balão – que, preso por barbante, escapa agora de sua mão, subindo aos céus e se perdendo no pretérito-do-presente.

Meu-minha

Decreto que o pronome possessivo da primeira pessoa do singular, meu-minha, não corresponde à verdade dos fatos, e será abolido da vida que levo, pois: a xícara não é minha, embora a tenha comprado; o irmão não é meu, nem de si-mesmo; a vista da janela não pode ser minha, para os olhos que estão em mim é que ela se abre; os olhos não são meus, existem nesse rosto para que me identifiquem; essa casa, adquirida com o dinheiro que somei ao longo dos anos, não é minha, apenas me permite (por hora) habitar o espaço que ela ocupa; as roupas não são minhas, eu as uso, e, enquanto não se esgarçam, cobrem-me o corpo (o corpo é outra roupa, de carne, que me envolve); as ideias não são minhas, eu unicamente as alço do caos, desbasto suas lascas de possibilidades, como madeira, e as lixo, até que se tornem lisas; o revólver na gaveta, meu é que não é, tampouco de quem o fabricou, o revólver troca de mãos, não há quem o detenha – mesmo aquele com a sua posse, não o possui. Por isso, decreto que o pronome possessivo da primeira pessoa do singular, meu-minha, seja abolido da vida que levo (minha ela não é, ainda que eu a viva). Há apenas uma exceção: o meu ofício. No ato de escrever, coloco todos os minutos de minha existência; é a única-coisa que me pertence (além do tempo de-quem-agora-me-lê).

Música-do-aquém

Foi num domingo chuvoso, tristeza-de-fim-de-tarde, sozinho, deitado no sofá da sala. Zapeava os canais da tevê, quando vi surgir na tela, como se do-além, uma banda de jazz iniciando uma *jam session*. Os músicos, negros com roupas brancas, saudavam a plateia – embora a câmera não a flagrasse em parte, nem inteira. E eis que um dos músicos, em gesto imperceptível, os lábios encaixados na boquilha do saxofone e as bochechas infladas, esvaziou o ar que lhe ia ao peito e o seu sopro ecoou da campânula como um som de boas--vindas, de venham outras notas, de não tenham pressa, o texto musical irá aos poucos se fazendo, sem pretensão, mas também sem dar licença ao desprezo. Em atenção àquele acorde inaugural, vieram outros, do próprio saxofone, como se o primeiro fosse uma palavra para afastar o silêncio, olá, e os demais uma frase, um novelo para desfiar a conversa entre eles, homens e instrumentos, e, de fato, as notas do piano e da bateria entraram juntas, como um casal que se dispõe a participar do diálogo com um terceiro elemento, a um só tempo alheio e íntimo, e, ato contínuo, fez-se incluir, quase sem que se notasse, a voz da clarineta e, menos discreta, a do contrabaixo, e, em questão de minutos, estavam todos se expondo, embora não em pleno espírito, à vontade seria mais justo dizê-lo, à vontade e a caminho de uma ruptura, libertina, ante o seu destino. Os músicos, gradativamente eletrizados, moviam-se e se curvavam uns para os outros, mirando-se, aos sorrisos, e as notas vivas que extraíam dos instrumentos se revezavam, essa dando lugar para aquela, ambas se sobrepondo, distanciando-se, para, logo, re-aproximarem-se de forma que, aos poucos, estavam provocando uma alegria que, a cada minuto, subia um grau, até que se tornou furiosa, e não havia como dela escapar – eu já estava contaminado, e, para minha própria surpresa, igualmente eufórico. O auge do show se deu, de forma inesperada, quando uma legenda se acendeu na tela, New Orleans 1956, e eu, filho-do-terceiro-milênio, deitado no sofá, numa súbita e reversa epifania, constatei – como se não

soubesse –, que aqueles músicos, em sagração-à-
-vida, estavam todos (e também a plateia) mortos,
todos, todos mortos, e, no entanto, produziam em
mim, na voltagem-do-improviso, a mais sublime
(e permanente) elevação.

Noite-trágica

Era uma vez uma noite-de-verão que sonhou ser William Shakespeare.

Notícia-falsa

Então, eu sou como líquido que adquire a configuração do recipiente no qual me colocam. Ganho forma de caneca ou taça, e, sabe-se, o gosto da bebida não é o mesmo se ela está contida em louça ou cristal. Pela minha constituição mole, mas também viscosa – não sou nem como a água que se perde no caminho, entre o cano-e-a torneira, nem o mercúrio que se mantém íntegro ao se espalhar –, fazem de mim algo maleável (embora eu seja fato consumado), e, assim, arrastam-me tanto para uma margem quanto para a outra; elástica é minha matéria, nascente pura que se transforma, de súbito, em pântano, depende do jeito que me apresentam. É penoso ter de me amoldar, invariavelmente segundo as circunstâncias, pelas mãos de homens que não conhecem o estado-sólido do mundo. Vivem sobre o solo-movediço das possibilidades, enquanto eu, eu-sou-aquela que, silenciosamente, contamina todos os mananciais.

Ode-arcaica

Pode-se escrever com a casca-das-palavras, mas também – por que não? – com a sua-gema. Há quem prefira cuidar das plantas amarrando-as a escoras metafísicas, enquanto a vida corra ao rés-do-chão, como ramos sem rumo. Ao extrair todo o suco da fruta, cuidado com a estética do bagaço. Há sempre um copo de cólera para um homem engasgar. Talvez o indivíduo mais forte seja mesmo o mais só. O excesso de verdades não livra o mundo de sua vocação para a mentira. Aquele que vive unicamente para si é seu próprio coveiro. Menos atenção à ideologia e mais à qualidade de seus defensores. Que diferença há entre se empanturrar de leituras e de comida? Livros só param em pé se neles existe a vibração da vida. A falta de temperança nos salva do bom-senso. Quem chupa o sangue das palavras retira delas o sentimento. Família: usina de remorso e nostalgia. Nenhum grupo se organiza sem valores. E não há valores que não gerem excluídos. O anjo mal – bendito seja – é a parte do bem que promove as mudanças. Afeto: antídoto contra o brutalidade do tempo. Teorias atrasam a partida dos cortejos. Nada contra quem inventa sua própria camisa-de-força. Só não vista nos demais a mesma indumentária. O miolo-da-questão é, sem rodeios, o miolo-da-questão. Toda mitificação é obscena. Nem no começo, nem no fim: no percurso é que está o nosso patrimônio. O que somos? Passionalidade-e-espanto ante a existência. Onde buscar o aprendizado? Há minas pelo mundo inteiro. No espaço minúsculo dessa mesa, todas as dores – e as alegrias. Em nossas mãos, sempre, a casca-das-palavras e a sua gema-de-silêncio.

Pai-migalhas

Ele, o pai, fazia quase-tudo pelos filhos – José, o menino, Maria, a menina. Suas atitudes nem sempre eram entendidas pelas crianças como benéficas, pois na infância é comum – depois se modifica – ter as mãos e os pés no presente, o porvir é como o arco-íris, salta para frente à medida que chegamos ao seu extremo. Sobretudo se ele, o pai, agia de forma pedagógica, sem a recomendável doçura, um pai-pedra, repreendendo-os com palavras-pontiagudas e o rosto-rude para que compreendessem as consequências de seus erros; o pai aspirava que os dois se descriançassem, o mundo é um triturador de levezas, ele dizia. O pai, para José e Maria, era um muro feito de tijolos-castigo e cimento-desculpas, embora desconfiassem que era legítimo o seu amor-de-pai, o que, no entanto, não os consolava. Ele, o pai, continuou fazendo das recriminações o pão-de-cada-dia para seus filhos, sem desconfiar que estava matando o amor-filial de ambos. E quando ele, com o correr-dos-anos começou a ser mais-condescendente, José e Maria já tinham crescido e saído de casa, deixando-lhe apenas umas migalhas de ternura – que o remorso, como um pássaro, tentava inutilmente colher do chão. Ao fazer, durante anos, quase-tudo pelos filhos, ele se tornou um pai-de-nada.

Palavra-vida

Pegue a palavra-esperma. Pegue a palavra-óvulo. Junte as duas e misture, misture até que comece a formar a palavra-pessoa. Deixe crescer durante nove meses na barriga da palavra-mulher. Quando a palavra-mulher abrir as pernas para a luz, recolha entre as mãos a (nova) palavra-pessoa. Golpeie suas costas até que ela emita a palavra-grito. E, então, ouça o som de uma (nova) palavra-vida.

Papel-em-branco

Só se aproxime dele, papel-em-branco, para iniciar uma nova aventura, sem expectativa de colher epifanias, pronto para aceitar o tempo perdido e a certeza de que (mesmo) seu máximo esforço em nada resultará senão num arremedo de guerra-e-paz entre a fuzilaria dos sentimentos e o escudo do raciocínio. Só se aproxime dele, papel-em-branco, quando não houver mais esperança, nem desespero; evocar é tudo o que se pode fazer com palavras. A escrita, filha da escuridão, só raia para uma finalidade: apagar-se. Só se aproxime dele, papel-em-branco, quando a semente da ternura ou do rancor se revelar árvore e sob a terra esconder a dor de suas raízes. Só se aproxime dele, papel-em-branco, para lutar por causas-perdidas, e, mesmo sem atingir sua intenção, levante a cabeça e resista. O branco-do-papel é a cor do luto – e da poesia.

Primo-irmão

Meu primo Teo. Primo-irmão. Dono da bola, do patinete, do CD player. Generoso. *Pode pegar pra você!* Meu primo-irmão, liberto das coisas pequenas, dessas de se ter à mão. Na mira das grandes, continentes longínquos, o mundo, o céu. Na escola, Teo na dianteira, insuperável na soma dos números complexos, o mistério da álgebra abre-te-sésamo para ele. Nós em passos medidos, enquanto Teo dando saltos grandiosos, de um-em-um e, de súbito – a ascensão! Aluno-nerd em engenharia espacial, Ph.D. nos Estados Unidos, talento cooptado pela Nasa, Teo, meu primo-irmão, no sem-fim das alturas, dono da maior fábrica de satélites do Ocidente. Teo no espaço sideral e na minha lembrança. Às vezes também nas parcas linhas de umas notícias que chegavam, Teo, meu primo-irmão na órbita do sucesso infinito – ninguém percebera nele, menino, aquele casulo de imensidão! Tentamos localizá-lo, certo dia, nosso tio, pai dele, doente, as horas contadas. Mas Teo invisível-intocável-incomunicável. Um dos familiares lamentou o desprezo-silêncio do primo-irmão; Teo se transformara, como é comum a quem se rende à fama. Discordei, lembrando do Teo dono da bola, do patinete, do CD player. *Pode pegar pra você!* Teo, menino, alheio aos mini--mundos. Desde sempre, liberto das coisas pequenas, dessas de se ter à mão. Teo, o generoso, meu primo-irmão, ele, só ele – homem-galáxia!

Rosto-índice

Rosto-índice. Basta observá-lo – um único lance de olhar é suficiente – para ver, no índice, cada uma das histórias que esse rosto tem a contar sobre seu dono e a respectiva página, caso queiramos começar por um episódio do meio, pelo último, ou seguindo, na leitura do primeiro, a ordem cronológica dos acontecimentos. Estão lá, nas rugas, nos pés-de-galinha, na cicatriz-sobre--o-supercílio, nos vincos-da-testa, na ponta-do--nariz, nos lábios-finos, nos olhos-azuis-úmidos: a morte da mãe horas depois de seu nascimento; as sevícias dos primos quando ele-garoto; os versos na adolescência como lenitivo para a solidão; os amores (todos!) infelizes; o exílio voluntário em Portugal (vítima lá de outros achaques-e-assédios); os primeiros cabelos-brancos, as últimas caixas de anti-depressivo, o silencioso dilaceramento pela via-da-velhice. Rosto-índice. Nele, a vida toda de um homem – o texto de orelha, o prefácio e, na quarta-capa, o seu in-su-por-tá-vel olhar-triste.

Sonho-círculo

Um sonho-mulher e um sonho-homem se encontraram, certa ocasião, na mente de um Sonhador. Apaixonaram-se, copularam e geraram um sonho-menino. Esse quis saber de onde vinham e para onde iam os sonhos. Mas, nem bem fez essas perguntas, já era um sonho-morto. E morto, o sonho-menino se viu numa barca em meio a um rio. Perguntou ao barqueiro para onde iam. Só há duas rotas, o homem explicou: a primeira o levaria a uma das margens, aonde, depois de conhecer o Sonhador, ele se diluiria no esquecimento. A outra o conduziria à margem oposta, onde não encontraria o Sonhador, mas se recordaria de sua breve-e-idílica-vida. Qual delas o menino-sonho escolherá?

Sorriso-sofrimento

Abria-se, o sorriso-sofrimento, no rosto do balconista da padaria. Raramente. Se ele sorrisse de forma comedida, por educação ao atender os clientes ou por um liame de alegria que (às vezes) o atiçava, o sorriso-sofrimento não aparecia. Era preciso que ele sentisse uma expansão de felicidade, ainda que efêmera, para arreganhar a boca e, então, o sorriso-sofrimento se apresentava – e assim podíamos ver, ao fundo de sua arcada superior, a falta de uns dentes. O sorriso-sofrimento não era um sorriso que em-si sentisse alguma dor ao abrir-se. Era um sorriso, que revelando a parte banguela, então encoberta, de seu dono, entregava-nos sua lista de tristezas-fixas: os gritos da mãe-neurótica quando ele era bebê, os socos que recebera dos meninos-maiores, as desfeitas dos vizinhos-brancos, as hostilidades dos falsos-amigos, as zombarias das mulheres-bonitas, as mortes violentas do pai-e-do-irmão, a irremediável falta de dinheiro, a pedra-no-rim, o medo da polícia (por-ser-pardo), as ameaças veladas do dono-da-padaria. O sorriso-sofrimento: quando se abria, saltavam da mandíbula desdentada do balconista – todos, todos os seus pesares.

Tempo-ferida

Aquele era um tempo-ferida: por onde passava abria uma chaga, que não podia ser curada senão por ele próprio, depois de dar um giro no futuro e retornar ao ponto de partida para medir seu efeito. O tempo-pai apostava que seu filho, o tempo-ferida, com o correr dos anos, deixaria de agir como instrumento-cortante – ponta-de-faca, caco de vidro, lasca de louça – e perderia seu poder malévolo, pois, com a ação do Tempo, tudo se debilita. A mãe-ferida discordava, mas nada dizia, talvez por sentir que o filho puxava para ela (neta de exímios torturadores) e não para o pai, que descendia do tempo-puro e trazia a dor numa das mãos e o antídoto na outra. Mas o destino do tempo-ferida era ferir ininterruptamente quem ele encontrasse pelo caminho. Sua ação me fez ser quem eu hoje sou – um homem-inteiro-ferida.

Tempo-retalho

Faca, efetivo é o teu corte, mesmo no couro, se afiada estiver a tua lâmina. Não nego o quão bela pode ser tua tarefa, depende de quem te usa para descascar a fruta, sem que teu gume fira a polpa e dela esguiche o sumo. Rascante é tua arte, picotando a estopa ou deslizando facilmente pela seda. Funda tua incisão em superfícies rudes, se te dão forma de cunha ou cinzel – e até madeira tua ponta lacera. Em dupla, sob a designação de tesoura, és sublime para retalhar cordames, vestes e lembranças. Se comprida, vai bem na mão do lavrador, que te usa para ceifar o mato. Se pequena, oculta na bainha do assassino, tens fome de coração, onde penetras para te ensopar de sangue. Respeito teu dano, mas te aviso, para não te enferrujares de soberba, que maior é meu poder de morte: mesmo se te fazem bisturi, tens de procurar o nervo, enquanto para mim ele se mostra. Podes cortar a planta pela raiz, mas só eu a posso impedir que brote. Mesmo que tu cortes o cordão umbilical, apenas eu sou capaz de arruiná-lo com perfeição – eu me fiz dentro da carne, quando a vida nela se formava. Tempo-retalho, eu sou.

Terra-à-vista

Era uma tira de terra-nua, oculta por uma espessa parede de nuvem. Por isso, não era terra-à-vista, e, não sendo, não havia quem soubesse de sua existência. Enquanto permanecia encoberta para a alteridade, mantinha-se como um mundo-à-parte, e nenhum mundo-à-parte vive por muito tempo longe do continente, nenhum mundo-à-parte escapa da sina de se ligar, por um istmo, ao mundo-todo. Mas, um dia, um homem, no cesto de uma gávea, acima do bloco de nuvem que a encobria, flagrou-a – e, num segundo, ela, antes só para si revelada, tornou-se (inteira) terra-à-vista. E, uma vez à-vista, deixou imediatamente de ser aquela absconsa-inexistência e se tornou parte de nossa realidade-à-mostra.

Trava-mestra

O especialista em seres-humanos explicou que eles não tinham chave de liga-desliga nas costas, nada que, uma vez tocado, os fizesse se mover e perambular com as suas vidinhas pelo mundo. Para ativá-los, era preciso palavras – coisa mais primitiva do que pilhas e baterias. O mesmo valia para travá-los, reconduzindo-os à imobilidade. O desafio consistia em descobrir quais palavras serviam tanto para lhes dar corda, quanto para paralisá-los, pois não havia uma única palavra, ou um grupo delas, com a qual se podia, efetivamente, reger essas mudanças. As palavras não têm um sentido-fixo-pleno, afirmou o especialista em seres-humanos, apenas um sentido-fixo-parcial, cimentado pelo seu não-sentido-parcial, que pode, por isso, adquirir variados-sentidos. As palavras possuem, em suas profundezas, um núcleo duro, mas a sua superfície é flexível, e nela se dá, entre infinitas possibilidades, a escolha daquela que, no contexto – fora do nosso controle –, resultará em seu sentido, por vezes inesperado. Além dessa precariedade epistemológica das palavras, havia outra variável para lidar com tal espécie – a sua capacidade de dar significado aos sentidos cristalizados (e, sobretudo, os maleáveis) das palavras, já que uma palavra, enunciada, pode não coincidir, em sua parte fixa, com a parte também fixa decodificada pela pessoa que a recebe, ou mesmo não assumir um sentido, flexível, dentro dos possíveis não-sentidos capazes de serem por ela compreendidos. Por exemplo: flor significa, em sua parte-fixa, flor, mas, em sua parte-móvel, plurissignificativa, pode ser pedra, mar, adeus, um milhão de coisas. Da mesma forma, um ser-humano, se levamos em conta a parte de sua significância fossilizada, é um ser-humano; mas, para acessá-lo, é preciso acionar a sua parte maleável, cujo sentido, para ele, ou outro ser-humano, pode ser amor, morte, rio, um milhão de significados. Daí porque, disse o especialista em seres-humanos, é melhor deixá-los de lado, são complexos-demais, de tão-primários.

Tristeza-sangue

Das muitas espécies de tristeza, essa é sangue, tristeza-sangue; ela corre espessa, rubra (quase negra), pela corrente dos meus pensamentos, eu sinto a sua virulência, suficiente para arrebentar os próprios dutos que a conduzem; a tristeza-sangue escorre pelo meu presente, apaga as marcas vitais de minha consciência, arrastando minhas esperanças dispersas, e, mesmo se estivessem amalgamadas, a formar um dique-muralha, a tristeza-sangue as esmagaria sem esforço, a tristeza-sangue cobre os meus olhos com uma camada de mundo-morto, a tristeza-sangue corta a língua das minhas respostas. E se, de repente, como agora, ela esbarra numa curva do esquecimento, eis que se coagula no meu rosto como um fóssil – uma gota a mais da tristeza-sangue em mim, seria a última de sua avalanche.

Utensílios-para-a-dor

E, depois de perguntarem quando, como e o que ele-ela disse antes de morrer, sem nenhuma resposta como consolo, os filhos-pais-irmãos-amigos do morto-morta, comentam sobre algum de seus pertences – o qual, dali em diante, será o utensílio para acalmar o vazio da dor: eu vejo o açucareiro e lembro dele, o pai gostava de café-bem-doce; este isqueiro-verde, meu irmão o segurava, quando se sentiu mal; a toalha-de-rosto foi a última coisa que ela tocou; a camiseta-do-meu menino, eu a pendurava no varal, quando recebi a notícia; está vendo o copo na pia?, olhe bem perto, ainda está lá a marca-do-batom-dela; a lâmpada-da-cozinha está queimada, era ele quem trocava; o que fazer com essa tesoura-de-poda?, até as roseiras vão sentir falta de suas mãos; ele só assinava o cheque com essa--caneta; no espelho-do-quarto, nunca, nunca mais o rosto dele junto ao meu; aqui, oh, no meu pescoço, a medalhinha de Nossa-Senhora, o amuleto dela, não vou tirar nem pra tomar banho; ele usou esse terno no nosso-casamento; a tia descascava laranja com-essa faca; ali, a lancheira-novinha, o Gui nem teve tempo de usá-la; o pai me deu o anel-de--diamante no dia em que completei dezoito anos; ninguém podia tocar nesse terço, só ela, a mãe; a caixa-de-ferramentas-do-tio, agora é só uma caixa de ferramentas; o mano tinha acabado de comprar aquela moto, estava-tão-feliz; ela dormia abraçada a essa-velha-boneca; minha avó não largava aquela-bengala-ali; os azulejos-do-banheiro, que perfeição, ele assentava como ninguém; a patroa não saía de casa sem o estojo-de-maquiagem; o meu-velho adorava uma cachaça; vivia com essa bolsa-de-pano pra lá e pra cá; com esse-cinto ele me espancava; com essa música, "Sapo-cururu", ela me ninava.

Vaso-cemitério

Estava sempre pronto, o vaso-cemitério, para dar as boas-vindas a tudo o que nele quisessem enterrar. Habituara-se a permanecer imóvel para que a vida continuasse como uma morte em seu interior. Mantinha-se à espera de que nele despejassem matéria-prima para que, então, realizasse em suas profundezas a transmutação vital. Embora existisse nele atividade constante, parecia, a distância, que o vaso-cemitério era uma natureza-morta. Em seus vazios a plenitude se completava, em suas feições tumulares o sol fulgurava, ao redor de sua imobilidade o mundo girava – assim, ele via também o mundo se movendo em suas cercanias, no preparo dos corpos que viriam, em breve, povoá-lo. O vaso-cemitério vivia à espera, e, a cada novo habitante que ganhava, mais resíduos de existência em suas divisas se acumulavam. Até que, um dia, transbordando o nada, ele vomitou uma vida-em-flor.

Velho-velho

Enfim, agora ele era, admitindo ou não, velho. Em muitos trechos de sua vida, ao sentir a dor aguda de uma perda (que, depois, se tornaria crônica), imaginou que jamais atingiria essa estação. Podia ter sido consumido, a meio caminho, por uma longa agonia advinda de uma doença, ou interrompido, abruptamente, por um desastre, a qualquer hora. Podia, mas não fora. Não queria, nem sequer cogitava, que o final o surpreendesse ainda jovem, quando a conheceu: ela era uma planta delicada, tanto o escuro quanto o sol lhe causavam danos, a película de seu coração era mais fina que a própria pele. Ou enquanto as crianças cresciam. Não era justo deixá-las ali, obrigadas a entender, por si só, que a jornada, para alguns, não ultrapassaria as águas-rasas, suas vivências não molhariam senão os pés, ou, quando muito, os tornozelos. Mesmo em situações de desânimo extremo, à beira da dissolução, já colhendo com as mãos em concha a sua nada substância, ele ainda preferia estar vivo, ao lado das meninas. Inclusive na época em que a esposa o abandonou. Inclusive, anos atrás, quando uma das filhas, que cuidava de seus negócios, lhe deu aquele desfalque. Inclusive, há poucas semanas, quando arrombaram a casa e, encontrando-o sozinho, sem aquele antigo vigor nos braços, mas com toda a sua perigosa sabedoria – não era para ele estar ali! –, os ladrões o espancaram, depois de roubar as joias e os dólares. Enfim, se gozava ou não de sua atual condição-frágil, ele agora era o que era: velho. E por ser, velho, tornara-se cínico, não acreditava em nada, nem no amor do neto, que era sincero (por ser ainda amor de menino). Não, ele apenas desfrutava daquela limitação, que o obrigava a andar vagaroso, a tomar remédios todas as noites e que, no fundo, era a sua liberdade, inatingível em outro estágio da vida. Enfim, ele era agora, para si e para o mundo – para o mundo, principalmente –, velho. E, por isso, velho, não dava mais importância alguma para tudo o que antes fora a sua maior-meta – e a sua única-salvação.

Verbo-eros

Tirei devagar a calcinha da palavra – sua vulva, em destaque, atraiu no ato minha língua e meu falo; aquela tomou a iniciativa, ponta úmida e macia a preparar a entrada desse, seco e bruto. De seus lábios unidos, à espera que eu os afastasse, subiu o aroma da reentrância escura, enquanto a linha de sua penugem rabiscava minha vista. Lambi-a longamente, vulva-da-palavra, salivando o seu corte na carne, passando de uma virilha a outra e retornando à sua base, para imprimir em minha boca a sua cicatriz. Depois de trazer com meu molho o seu à superfície, lubrificado o desejo de me esconder, entrei lentamente nela, que, contraindo-se, elevou-me do silêncio à fala. Eu, menino – em meu primeiro gozo-palavra.

Vida-vida

Nada é mais frágil que a vida. No entanto, nada é mais forte que a Vida. Nem bem a morte derrota uma-vida, a Vida continua numa nova-vida. Embora a morte seja o fim de todas-as-vidas, a morte é apenas um intervalo para que uma vida se transforme em outra pela poderosa ação da Vida. Bruta, Ela tudo faz para continuar Viva. Elimina sem clemência as vidas-velhas, para que Ela, em renovadas-vidas se materialize – e siga fabricando--as, amadurecendo-as e dizimando-as. Não há nada mais diabólico do que a Vida. As pobres-mortes só existem para robustecê-La. Não há Morte para a Vida. Para Se suportar, Ela provoca, com o empuxo do Tempo, mortes-e-mais-mortes *ad infinitum*. Nessa ânsia, talvez encontre algum dia a Divina--Morte, a Sua (e a nossa) redenção.

Voz-janela

Era uma voz, diferente de todas que saíam lábios afora puxando com corda invisível os gritos e os sussurros – era uma voz-janela, aberta para a saída do dizer e a entrada do calar. Cumpria com naturalidade a sua função, apta para a travessia das palavras, as que ascendiam do fundo de sua matriz-garganta, e as que saltavam da paisagem-mundo para seu eco. Mas, um dia, alguém quis dificultar o seu livre ir-e-vir, instalando uma cortina que, se não impedia o vaivém de lá para cá, abafava os passos de quem entrava e amortecia o volume de quem saía. A voz-janela resistia, porque o sol de seus dizeres deteriorava lentamente o tecido da cortina, e o vaivém de cá para lá, mesmo menor, prosseguia. Outro alguém teve a ideia de fechar a janela, blindar seus vidros e, como garantia, chumbar uma grade, para aprisionar a voz. Mas, ela não era só uma voz, nem uma janela, era uma voz-janela, e, como tal, ainda que lhe amarrassem os lábios, cerrassem suas venezianas, cimentassem seus vazios – a voz-janela tinha uma fissura entre a parede e a esquadria e, por meio dela, as palavras jorravam, implodindo as mentiras de fora. Do lado de dentro, a verdade renascia, como uma música, de seus cacos sangrentos.

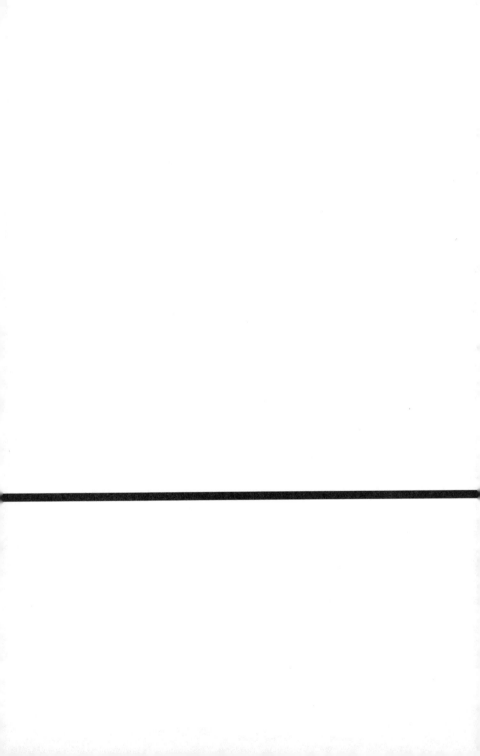

© 2020 João Anzanello Carrascoza

Rodrigo de Faria e Silva • editor
Gabriella Plantulli • revisão
Raquel Matsushita • projeto gráfico e capa
Entrelinha Design • diagramação

Dados Internacionais de Catalogação na Publicação (CIP)
C311u   Carrascoza, João Anzanello;
Utensílios-para-a-dor / João Anzanello Carrascoza,
– São Paulo: Faria e Silva Editora, 2020.
96 p.

ISBN 978-65-991149-0-8

1. Literatura Brasileira   2. Conto brasileiro
                                      CDD B869   CDD B869.3

www.fariaesilva.com.br
Rua Oliveira Dias, 330
01433-030 São Paulo SP

Este livro foi composto com as tipografias Bell, no estúdio
Entrelinha Design, impresso em papel pólen bold 90g, em julho de 2020.